사선은 둥근 생각을 품고 있다

시작시인선 0365 사선은 둥근 생각을 품고 있다

1판 1쇄 펴낸날 2021년 2월 5일
지은이 오석륜
펴낸이 이재무
책임편집 박은정
편집디자인 민성돈, 장덕진
펴낸곳 (주)천년의시작
등록번호 제301-2012-033호
등록일자 2006년 1월 10일
주소 (03132) 서울시 종로구 삼일대로32길 36 운현신화타워 502호
전화 02-723-8668
팩스 02-723-8630
홈페이지 www.poempoem.com
이메일 poemsijak@hanmail.net

©오석륜, 2021, printed in Seoul, Korea

ISBN 978-89-6021-539-9 04810
      978-89-6021-069-1 04810(세트)

값 10,000원

사선은 둥근 생각을 품고 있다

오석륜

천년의시작

시인의 말

내가 만난 인연은 모두 아름다웠다. 그리고 따뜻했다.
나도 누군가에게 아름다운 인연으로 살아가고 싶다.
내가 가진 유머도 여유도 모두 그렇게 소비된다면
시인으로서도 한 인간으로서도 덜 부끄러울 듯하다.

차 례

시인의 말

제1부

엄마야 누나야 강변 살자

　아버지가 즐겨 찾는 안주는 죽은 아내를 부르는 것이었다. 곡기가 소주였던 일이 다반사였다. 절대 아버지처럼 살지 않겠다던 다짐이 밤마다 꿈을 꾸며 이불을 걷어찼는데, 그럴 때마다 이불에 붙어있던 별들이 떨어져 나갔다. 밥값이 부족하던 청춘은 허기를 메울 단어를 찾아 번역을 했다. 집 근처 토성土城에게 천 년이나 견뎌온 내력을 들려달라고 떼를 쓰기도 하였다. 덕분에 초조함을 이기지 못하고 자주 물어뜯던 손톱에는 별처럼 새살이 돋아났다. 강가에 피어나던 갈대꽃처럼, 엄마야 누나야 강변 살자 뜰에는 반짝이는 금모랫빛, 하는 노래를 참 감미롭게 불렀다.

속도

허겁지겁 산골짝 낭떠러지를 빠져나온
물줄기, 그렇게 속보로
세속으로 흘러 들어가서는 안 된다며
완급을 조절해 주는
스님의 목탁 소리……

똑, 똑, 똑, 똑, 똑,

한 방울씩 더디게
더디게 떨어지는
산사의 약수는
지금 수행 중이다.

가을 수채화

단풍 이파리 하나가 떨어지면서
지나가던 여인의 볼에
살포시 달라붙습니다

단풍은 떨어질 때도
누군가에게 아름다움을 주려고 합니다

절벽에게 수식어를 붙여 주었다

　내가 알고 있는 절벽은 바다에서 힘겹게 기어 올라온 파도의 속살과 고산지대를 떠도는 메아리의 속울음을 근육의 재료로 저장한다. 절벽이 더 높이 날아오르려는 습성은 거기에서 비롯되었다. 이 습성을 터득하였기에 억겁의 세월 동안 도반이었던 바람도 가부좌를 틀 때는 수직이다. 넓이보다 높이를 추종한다는 뜻이다. 간혹 그 살점들이 각도를 견디지 못하고 비명횡사하는 것은 그 때문이다.

　그래도 어김없이 새들이 벌레들을 물고 와 밥상을 차리는 풍경은 여기도 이승이라는 방증. 적당한 열기를 데리고 온 노을이 음식을 덥혀 주면 무심해 보이던 절벽도 붉게 얼굴을 붉히는데, 나는 이때를 놓치지 않고 천하 지존이었던 자존감에 따뜻한 수식어를 붙여 주었다.

　아름답다. 그리고 수수하다.

새싹

─이번 꽃샘추위에는
당신과 좀 더 가깝게 붙어 지내야겠어요

새싹처럼
피어오르는
귀엣말

서로에게 안개가 되자

사랑은 구체적이고 명료한 서술이 부담스러울 수 있다는 점을 감안하면, 남녀가 만나 서로에게 안개가 되자. 그것이 소중한 사랑의 재료가 될 수 있다. 생각해 보면, 내가 농익은 두근거림과 긴장을 품고 살 수 있었던 것도 그대가 안개로 다가온 덕분. 한 번도 그대에게 안개가 맞느냐고 묻지 않는 동안, 어느 순간 나도 안개가 되어 그대의 배경이 될 수 있었다. 안개와 안개의 공존. 안개가 안개를 껴안는 방식. 그것이 농무濃霧로 발전하였다. 오늘도 안개는 그대와 내 가슴에 살아 움직이는 건강한 파수꾼이다.

폭포

　위만 처다보며 영원을 꿈꾸었던 내 전생의 이력이고 눈
물이다

단풍나무가 경범죄를 저질렀다

산과 맞붙은 우리 학교 건물의 화장실을
마주하고 있는 단풍나무 한 그루,
날마다 엉덩이 드러내고
볼일 보는 우리들의 속살을
참 많이도 봤습니다.

게다가 우리들의 은밀한 곳까지 훔쳐본다는
소문도 일부는 사실일 겁니다.

그 부끄러움을 참기 어려워
가을이 오기는 아직 이른데
올해도 맨 먼저
붉게 물들어 버렸으니까요.

아름다운 착각

방사된 돼지 몇 마리가
봄꽃 활짝 핀 들판에서 먹이를 찾고 있을 때
벌들이 자신들을 향해 날아오는 것을 보고
일제히
꿀꿀꿀…… 하고 소리쳤고

벌들도
돼지의 외침을 고맙게 받아들여
그들을 둘러싸고 피어있는 꽃들에게 몰려가
부지런히
꿀을 채취하고 있었다

풍성동 風盛洞

아슬아슬하게 월세를 배달해 오던 그의 급여 봉투가 누렇게 떠다녔다. 집 나간 딸은 그의 걱정을 읽고 있었는지, 이 동네를 하루에도 몇 번씩이나 오가는 시내버스를 타고 있었다. 또 다른 딸은 사시사철 재봉틀을 돌리며, 쉽게 기워지지 않은 가난에다 꽃무늬를 넣느라 애를 쓰고 애를 썼다. 노을이 질 때면 귀소본능을 잃어버린 새들이 벌겋게 물든 그림자만 뱉어놓고 갔다. 그 그림자가 우리들을 물들이는 것을 경계하였고, 또 용서하지도 않았지만, 그럴수록 공통분모처럼 자리 잡아가는 외로움. 어찌할 수가 없었다. 서로의 모서리와 모서리를 건드리는 바람이 넉넉하였지만, 그래도 사랑을 하고 있다는 안도감이 눈처럼 소복이 쌓이는 동네였다.

입춘대길立春大吉

불쑥,
너의 손이 내 주머니 속으로 들어와
내 손을 꼬옥, 움켜쥔다.

꽃망울이 터질 것 같은 기분은
바로 이런 것.

울음이 터지는 시점

한창 물난리를 겪을 때는 사람이나 길짐승에게 가장 사치스런 것은 울음이다. 울음 유전자의 장점은 슬픔이 다 지나가고 난 후에 터지는 습성을 갖고 있다는 것. 아니나 다를까. 이승과 저승의 경계선을 응시하던 밧줄이 홍수를 피해 지붕으로 피해 간 암소의 몸을 휘감았는데, 그럴 때마다 소의 뿔보다 더 견고한 긴장과 침묵이 작동하고 있었다. 밧줄은 마침내 암소의 공포를 지상으로 안착시켰다. 살았다. 살았다. 암소의 눈에는 함께했던 가족과 동료를 떠나보낸 슬픔이 맺혀 있었지만, 다음 날 송아지를 낳고 나서야

비로소 울음을 터트렸다. 나도 울었다.

탯줄처럼

그녀가 새끼손가락을 걸며 말한다.

당신 새끼손가락과
내 새끼손가락이 합쳐지니

탯
줄
처
럼
보이네요,

라일락

툭, 하면 가난을 붙들고 단칸방에서 빠져나간 누이는 슬픈
그림자였다.
집 옆 공터에는
전입신고를 마치고 새 식구가 된 라일락이
짙은 향기로 피었다가 지기를 되풀이하였다.
집 나간 누이의 빈자리를 메워줄 것만 같았다.
그렇게 몇 해가 되어가던 어느 날,
단칸방을 기웃거리던 누이는
집으로 들어오지 못하고 몰래 발길을 되돌린 적도 있었는데
나도 그런 누이를 애절하게 부르려고 하지도 않았다.
대신, 라일락을 닮았던 누이의
눈망울을 오랫동안 잊지 못하고 살았다.
봄비 내리는 날에는
라일락 향기가 창문으로 새어 들어와 하룻밤 자고 가기도
했다.
아, 그럴 때마다
온통 빗줄기 소리와 라일락 향기를 아로새기던 궁색한 벽지.
나는 그것을 누이의 눈물 자국 혹은
누이의 안부라고 읽었다.
끼니를 때우지 못한 궁기처럼 허허로운 계절풍으로만 다

녀갔던

누이가,

다시는 돌아올 것 같지 않았던 누이가,

화장품값 연체를 알리는 고지서 한 장이 되어

살아있다고, 서울에 살고 있다고 신고하며 날아든 날처럼,

오늘, 손으로 쓴 라일락 이파리 같은 글씨로

편지를 보내왔다.

—오빠, 나이 드니 오빠가 점점 더 그리워져요.

나비꽃이 핀다

살아생전 세상을 떠돌며 맡은 꽃향기가
나비 날개에 묻어있을 거라고
확신하는
개미가
죽은 나비의 날개를 끌고 가
멈춘 곳

거기에 나비꽃이 핀다

겨울 강 설화

이 세상의 바탕색은 하얀색이 마땅하다며
함박눈이 온 세상을 하얗게 덮고 있을 때도
겨울 강은
함박눈의 생각에 전혀 동의하지 않았다.
그래서 눈이 내릴 때마다
온몸으로 눈을 녹이기만 하는 것이었다.

그러나 며칠 후,
오랫동안 자신과 함께해 온 주변의 풍경들이
계속되는 눈발의 말에 귀를 기울이며
이 세상의 바탕색으로
하얀색을 택하고 나서는 것을 보고서는
더는 어쩔 수 없다는 듯
눈발이 내려와 앉을 수 있도록
가장자리부터 자신의 맑은 속살에다 조금씩
조금씩 얼음을 깔기 시작하는 것이었다.

참새가 되는 법

방금 참새 한 쌍이
매화나무에 앉아 정답게 얘기를 나누다가 날아가자
무슨 얘기인지 궁금한 혜풍惠風이
나무에게 이것저것 묻고 있고
그렇게 들었던 얘기를 퍼트리고 있는 혜풍을
마음껏 만지다가
만지다가

우리들도
어느새 참새 한 쌍이 되어가고 있었습니다

우주에게 허락을 요청하였다

코스모스 군락지에서
우주가
한들한들 속삭이는
코스모스의 몸매를
여과 없이 만져도 좋다는
무한한 허락을 해주었다고
자랑을 늘어놓는
갈바람.

나도 갈바람이 되어달라고 요청하였다.

제2부

사랑의 일기예보

미숙아,
내일은 비가 온다니까 우산 갖고 오지 마라.
내가 너의 집 앞으로

조
그
마
한

우산 하나 갖고 갈게.

사랑의 빨래

어쩌지요,
아내에게 화냈던 일을 사과하려고 쓴 편지가 사라졌습니다.
어디로 갔는지
도무지 알 수가 없었는데
세탁기에서 다 빨린 빨래를 널 때 알았습니다.
티셔츠 주머니 속에 넣어두었던 편지가
몇백분의 일로 자기 분열하여
무슨 글자인지 전혀 알 수 없게
망가져 버렸다는 것을,

세탁기 통 속에서 그 아찔한 고속 회전을 참아내며
미안해요, 라고 쓴 글자의 일부인
미안, 은 희미하게 살아남아
작년 이맘때 사준 아내의 원피스에
옮겨 붙어있었지만
그 글자 떼어내서 보여 줄까 말까 고민하다가
그냥 원피스 훌훌 털어 예쁘게 널었습니다.

세탁기를 돌리고
빨래를 너는 동안

볕 좋은 곳으로 나온 아내의 목소리도
풀려 있었기 때문입니다.

진달래꽃은 애인의 심장 소리인가

심장병으로 일찍 세상 뜬 애인이
겨우내
숨소리 하나하나를 버리지 않고 모았다가
지금 내 앞에

잊지 말아달라고
잊지 말아달라고

쏟아내는
유언 같은 분홍빛 환청이여

낮잠의 매력

매미 울음소리를 듣다가 깜박 잠이 들었다.
꿈속에서 울며불며
너를 얼마나 애타게 찾아다녔을까.
깨어보니 얼굴에는
매미 날개 무늬가 선명하게 찍혀 있었다.

고마운 것은
기지개를 펴자
내 어깨에 새롭게 날개가 돋아나는 일.

연꽃이 만개한 까닭

삼라만상의 귀에 거슬리지 않게
제 육신만으로 풀어내는 방식을 체득하면
한평생을 젖지 않고 살아도 되는 것일까.
소란스런 비가 들이닥쳐도
한마디 한마디 귀담아듣기.
그리고 편안하게 돌려보내기.
설법하는 풍경風磬이여.
세상사 거칠수록 외려 안에서 걸러내는 소통이여.
그 유전자를 귀담아들었던 꽃.

연꽃이 만개했다.

원숭이 우리에 불이 났어요

일몰 무렵
동물원 측에서
마른바람에게 발걸음을 재촉하라며
다음과 같이 명령함.

—떨어진 단풍잎들을 몽땅 데리고
원숭이 엉덩이 쪽으로 몰려갈 것.

그대의 향기는 아직도 비에 젖어있습니다

함께 거닐던 저수지에서 소나기 피하려고
서둘러 허름한 곳간 같은 곳으로 피신하던
그때,
단둘이 마주 앉았던 바로 그때,
난 알았습니다.

은밀하게 키워왔던 그대를 향한 두근거림이
엄청난 빠르기로 번져가는 것을,
그 속도의 발상지가
그대가 품고 있는 고유의 향기라는 것을,
덩달아, 연신 목구멍을 넘나드는 마른침이
밖의 소나기 줄기보다 더 빠르게
내 몸을 적시고 있다는 것을,

미안합니다.
혹여 우리들 아름다운 고립의 맥이 끊어질까 봐
손수건을 꺼내 그대의 향기를 닦을 생각은
전혀 하지 않고 있었습니다.

핏줄

몇십 년 만에 아우가 직접 손으로 써서 건넨 쪽지를 읽다가
갑자기 눈물이 핑, 돌았다.
그도 이제 지천명인데, 내 글씨체를
변하지 않은 내 고유의 글씨체를
아직도 고스란히 간직하고 있었다니.

결혼 후 떨어져 살았어도 형제의 숨결은
핏줄처럼 흐르고 있었던 것일까.

어린 시절 부모를 잃고서 허허로웠을 성장기에
나의 일상과 나의 습관이 적잖이 의지가 되었으리라.
흠결 많은 내 청춘의 날들을 보상받는 듯하여
아우의 손을 꼭 쥐어주고 싶은

그 순간,
아버지의 글씨체를 따라 쓰고 싶어 했던 내 어린 날의 추억이
불쑥, 불쑥, 소환되는 것은 어찌 된 일인가.

공동의 유산처럼 보존된 아우의 글씨체를 보고,
또 보았다.

제주 바다

밤새 시신경의 뿌리마저 잃어버렸던 수평선이 눈을 뜬 것은
갈치 떼가 바다로 쏟아낸 엄청난 양의 비린내를 맡고 나서
였다.
혼신의 힘을 다한 갈치 배가
새벽 마파람과 힘겨루기를 하는 동안
바다는 묵직해진 그물에게 수없이 자맥질을 강요하고 있었다.

그래도 전혀 빛을 구길 생각을 버리지 않는 집어등은
여전히 어부들의 허기를 알리는 현재진행형의 문장.

숨을 헐떡이며 흰 거품을 문 채 달려오는 파도를 불러들이며
해안선은 연신 포물선의 눈꺼풀을 풀고 있었고
그렇게 다져진 굴곡의 일상을 따라
양치질이라도 한 듯 개운하게 입가심을 하고 있는
구멍 숭숭 뚫린 검은 돌들이
갈치 냄새와 노동의 피로를
금세라도 다 빨아들일 것만 같은 제주 바다.

침묵 밭, 침묵 합창

살아생전 마음껏 떠들고 살았던 사람들이
죽어서는 어떤 얘기를 할지 궁금하지만
막상 공동묘지에 와서 보면 침묵 밭이다.
죽어서야 제대로 작동하는 침묵 합창이다.
봉분 위로 덧자란 잡풀들이
혹여 세상 밖으로 나오려는 침묵인 줄 알고
싹둑, 싹둑, 벌초를 하는 예초기.
몇 평 안 되는 이 묘지를 차지하기 위해
그렇게 아등바등 살았냐고 물어보는 것도
속말일 뿐이다.

적금 통장

허파를 다쳐 자신이 날아갈 길을 재다 말다 하는
새의 숨결처럼
한 푼 두 푼 모았습니다.
어쩌다 끼니를 거르거나, 제대로 쓸 것조차 없는
가계부처럼 갈팡질팡할 때도 있었지만,
신념처럼 습관처럼
만기 날짜를 꼭꼭 품고 있었습니다.

그걸로 대학을 다닌 아우는
형에게 밥 사 먹는다고 하고서는
시집을 사서 굶주린 배를 채우기도 했습니다.

적금 통장 같았던
형의 숨결과 깊이를 고스란히 간직하고 있다며
술 마시다 말고 갑자기
길가에 핀 개나리, 진달래, 벚꽃, 조팝나무 꽃을 찍어
훼손되지 않은 꽃향기를 보내온 아우에게

형은

만기가 된 적금 통장을 찍어

문자 대신 답장으로 보내주었습니다.

나방

눈을 껌벅, 껌벅, 하던 가로등이 나방 한 마리를 낚아채
어지러이 날게 하고 달라붙게 하자
허용된 범위를 넘어서는 날개의 긴장.

새파랗게 질려만 가는 어둠에
허공으로 흩뿌려지는 가루는
초서체로 쓰는 허기진 자의 유언장 같다.

문득, 어머니가 앞을 못 보고 집도 가난하여
학교를 그만두고 돈을 벌겠다며,
그리고 빛의 품을 구걸하지 않겠다며,
자퇴 사유서 한 장 던지고 간 어느 학생이 떠올랐다.

자본주의가 낳은 수명 연장의 혜택은 딴 세상 애기일까.
줄곧 가로등에게
언제쯤 시신경이 녹아내리는지를 묻는 나방의 일대기가
내 이웃에게도 번져올지도 모른다는 불길한 예감이여.
우울한 추측이여.

강 건너 고층 아파트에서 예열된 불빛들의 모꼬지가

내 앞에 펼쳐지자
한참 동안 서서 길을 물었다.

공터의 불면

교통 요금 인상, 서민 물가 자극,
이런 기사가 큼지막하게 찍힌 신문지가
바람을 끌고 빈 공터로 슬금슬금 발을 들여놓자
아닌 밤에 무슨 호외號外인가 해서
낡은 자전거가 허겁지겁 바퀏살을 돌린다.
잠자리 뒤척이는 마른기침,
밀린 월세 걱정이
자전거 바퀏살과 맞물려 돌아갔다.
잡초처럼 자란 길고양이의 궁기도
한 귀퉁이에 터를 잡았다.

자목련 읽기

겨우내 법당 안을 떠돌던 기도를 들어주며
가녀린 육신의 원력願力을 태우던 향불이었다.

범종은 그런 향불을
말없이 지켜보며
소리로, 소리로,
자신의 목소리를 포교하듯
세상 구석구석으로 번져나갔고

산사는
범종의 맥놀이를 잊지 못하여
법당 앞뜰에다
자목련을 활짝 피워 놓았는데

아, 어찌하여
하나같이 향불의 빛깔을 닮았단 말인가.

사월은 잔인한 달

애당초부터 이리저리 뒤틀리고 찢어진 삶은 아니었다.
그러니 제발
폐지를 잔뜩 실은 채 수레를 끌고 가는
저 할머니에게
허리 굽은 저 할머니에게
봄비야,
내리지 말거라.

폐지 가격이 킬로그램에
120원에서 30원으로 내린 날.

오래된 항아리를 위로하다

빈 몸으로 태어나 한시도 쉬지 않고
꽉꽉 채우며 아등바등 살아온 거 다 안다.
그래서 지금, 빗줄기는
잘게 부서지고 깨어져야만 하는 운명을 걱정하여
너의 몸 구석구석을
정갈하게 씻어내 주는 것이다.
몸 여기저기에 난 실금과 튐 자국은
안타까운 직멸의 신호가 분명하기에
진땀을 흘리며
너의 몸 구석구석을 씻어내 주는 것이다.
너와 평생을 같이하며
너와 비슷한 삶을 살았던 이 집 어른은
엊그제 먼저 저세상으로 떠났으니
만날 것이다.
만날 것이다.
그러니 너무 슬퍼하지 마라.

하루살이도 말을 하고 싶은 것이다

뭘 그리 오래 살려고 그러느냐.
남은 시간이나마 열심히 살다 가는 거지.
나이 지긋한 노인들의 수작酬酌에
맞는 말씀, 지당한 말씀이라며
기어코 그 대화에 끼어달라고
쫓아내면 쫓아낼수록 성가시게 달려드는

하루살이 몇 마리.

홀로된 친구에게

이제는 아예 소식을 끊어버리고

낙엽처럼 쓸쓸히 이 거리를 저 거리를 떠돌아다니는가.

친구야.

단풍 같은 붉은 목청으로 곰삭은 외로움을 호소하던 자네
의 그 열정이

오늘따라 갑자기 울컥, 그리움으로 치밀어 오르는구나.

그리하여 지금, 지금, 그리움이라는 것은

찬바람 껴안고 매섭게 살아 움직이는 바람개비 같은 것일까.

가혹한 계절을 견뎌내며 살아야겠다, 살아야겠다, 발버둥
치는

튼튼한 주문 같은 것일까.

저 아랫동네 낯선 시골에서 서울로 유학 왔다며

꼭 출세하고 싶다던 청춘의 고백도 슬픈 환청으로 속삭이
고 있다.

삼십 몇 년 전, 일찍 군대에 갔다가 첫 휴가 나온 자네가

불쑥, 내 단칸방 낡은 문틈으로 보여 준 육군 일병의 그을
린 살갗도,

결혼 후 얼마 되지 않아 홀로된 자네가 세상에 맞섰던 삶도,

어느덧 늙어가는 이력으로 자리 잡아가고 있지만,

아, 무엇보다 이제는 어엿한 여인으로 컸을 자네의 딸,
그 딸을 단 한 번도 보지 못했다며 주룩주룩, 흘리던 눈물은
싸늘한 겨울 허공에 별자리로 뜨는구나.

그래, 친구야, 나는 알고 있다.
지금까지의 자네의 삶이 억울하고 순탄치 않았던 것은
내가 자네를 도와주지 못했던 탓이고
내가 그 슬픔을 헤아리지 못한 까닭에서 비롯된 것임을.
그렇게 우리도 이제는
살아있다는 것만으로도 뜨거운 안부가 되는 나이,
이제 어떻게 살아야 진정 아름다운 삶인지를 헤아리는 시
간으로 흘러가고 있다.

친구야.
자네의 고집을 살려 소식 전해 주지 않아도 된다,
굳이 말하지 않아도 여전히 우리들의 그리움은 건강한 주
문을 외우며 살아가고 있다.
그러니 날이 풀리고 꽃 피는 봄날이 오면,
그때 가서는 자네의 계절도 점점 따뜻해지고 있다고
외로움도 조금씩 좋은 습관으로 자리 잡아가고 있다고

뜬소문처럼 몇 글자만이라도 써서
민들레 홀씨에 날려 보내주지 않을래.

제3부

표류하는 섬

휴대전화기 열도列島다
지금, 지하철 객실은

제각각
붕, 떠있다

섬으로

저녁의 독서

강은 늘 안타까웠다.
이웃하고 있는 산이,
무엇보다 흘러간다는 것이 어떤 것인지를 알지 못하는
산이,
안쓰러워
흘러간다는 것의 깊이를 알려 주고 싶었던 것이다.
그리하여 습관처럼 강기슭까지 그림자를 내려보내는 산에게
반드시 그림자와 같이
산속의 새들을 보내달라고 재촉했던 것이다.

그렇게 몰려나온 새 떼들이
강의 흐름을 따라 어디론가 흘러갔다가
부지런히 보고 들은 세상 풍경과 세상 이야기를 전해 주러
다시 산으로,
산으로,
돌아오는 것이다.

싸락눈

어디서 길을 잃었을까
어미와 함께 겨울잠을 자지 못하는
어린 뱀 한 마리가
찬물로 배를 채우고 있는
옹달샘으로
허겁지겁 뛰어내리는
밥알 같은
싸락눈

나무에게도 이웃이 있다

초안산 울창한 숲에서 아카시아나무 한 그루가 죽어가고 있을 때였습니다. 비바람이 몰아치자, 그 거센 비바람의 생명력을 끌어당겨 고사 직전의 나무에게 다가가는 것은 그 나무와 이웃해 있던 나무들이었습니다. 건강한 팔뚝으로 와락 껴안았다가 놓아주기를 무수히 되풀이하고 있었습니다.

다시 살아나라, 죽으면 안 돼, 하는 그 절박한 심정이 나무들의 인공호흡이라는 것도, 나무들에게도 가족 같은 이웃이 있다는 것도 그때 알았습니다.

일 년쯤 지난 뒤. 문득 다시 숲을 쳐다보는데 아, 죽어가던 그 나무가 보이지 않았습니다. 이상하다 싶어 꼼꼼히 살펴보았더니, 우듬지에서 푸른 잎들이 돋아나 있었고, 곁을 지켜주던 나무들은 부지런히 자신들에게 속삭여 주는 새들의 지저귐을 퍼 나르고 있었습니다. 아카시아꽃에서 솟아나는 향기도 제 발로 성큼성큼 건너가는 것이었습니다.

다시 숲의 일원이 되겠다는 간절함. 그리고 금방이라도 꽃을 피우겠다는 굳은 의지 같은 것이 이미 메아리처럼 숲으로, 산으로, 퍼져가고 있었습니다.

　되살아난 나무에게는 분명 이웃의 안녕을 묻는 측은지
심의 살결과 근육이 나이테로 새겨져 있겠구나 하는 생각
도 퍼져가고 있었습니다. 나도 그렇게 살아난 적이 있었으
니까요.

영란아, 너도 좋지?

영란아,
우리 집 해바라기가
작았을 때는 그러지 않았는데
막상 키가 훌쩍 커버린 뒤에는
매일매일
그림자를 길게 뻗어
나지막한 너희 집 담을
불쑥,
불쑥,
넘어가기만 하는구나.

영란아,
너도 좋지?

안개 다리가 생겼어요

장마전선으로 불어난 몸무게를 어찌할 수 없었던 중랑천이 신음 소리를 하얀 거품으로 허공에 거침없이 방출하자, 자극을 받은 인접한 초안산도 산 여기저기 터를 잡고 살던 안개들에게 소집명령서를 발부하였다.

거기에 큼지막한 날개 군단의 두루미 떼들이 이쪽저쪽 동네를 오가자 안개의 근력과 힘줄이 탱탱해진 것. 이들의 의기투합을 관찰하며 다리 양쪽에서 농익은 안개의 입자들만 받아먹으며 웃자란 갈대들 역시 교각 완공에 기여하였다.

이 다리를 지나가며 안개를 온몸 가득 묻히고 가는 별들. 그 혈색이 사람들의 얼굴에 내려앉는 퇴근 무렵의 하계동.

설중매 1

매화는
갓 피어난 자신의 속살을
곁눈질하느라
제때 돌아가지 않은 철새가
얄미웠나 보다.

눈발이 퍼붓자
자신의 속살을 하얗게 덮어버린 것도
그 때문이다.

아, 어쩌나.
설중매에 넋을 잃고
아예 눈발에 제 몸을 맡겨 버린
저 하얀 철새
한 마리.

봄

엄마가
아기에게
어이쿠, 우리 아기,
키 컸네, 키 컸네, 하며
개나리꽃 같은 박수를 친 것은

개나리가
담장에 늘어진 자신을 향해 까치발로
손을 뻗어도
닿을 듯 말 듯 하는 아기를
무척이나 안쓰러워하자

마파람이 그걸 알고
개나리를 잡아당겨
아기의 손에
와락 안겨 주던 바로 그때였다

님의 침묵

더 나이 들기 전에 살아있다고, 보고 싶다고,
한 번쯤 기별이라도 할 거라는 예감은 번번이 어긋난다.
대신에 같은 이승 아래 사는 운명이 아닐 거라는 불온
한 단정이
딸꾹질처럼 찾아오는 일만 잦아졌다.

너무나도 사랑했던 계절과
그로 인해 상처받은 계절에 흘러간 시간이 더하여
혹은 곱하여
그리움은 좀처럼 핵분열을 멈추지 않지만
그대 견고한 침묵을 향해

살아있기라도 했으면 좋겠다, 잘 살고 있어다오, 를
습관처럼, 기도처럼, 외우다 잠이 드는,
이별은 내 탓이었다고 속삭이며
그대를 불러들이다 잠이 드는,
긴긴 중년의 몸살.

어쩌면 고마운 일인지도 모른다.
견뎌내야 할 몫이 있지 않은가.

첫눈

주검에게
생전에 보고팠던 사람을 잠깐이라도 만나는
이승의 꿈을 꾸게 하라.
환생의 기운도 되지피게 하라.
그것이 세상의 무덤에 내려온 뜻이라며

녹록지 않은 생의
짧은 생몰 연대를 슬쩍, 덮어주다가
빗돌에 적힌 이름 한 자 한 자에는
그리움으로 드러눕는 눈아,
첫눈아.

누룩뱀과 틈

처음부터 산골 오지 마을 초가집 부엌의 황토벽에 누룩 뱀이 들어와 살지는 않았다. 집이 생기기 전부터 누룩뱀이 먼저 터를 잡고 살았다.

수구초심首丘初心인 듯 주거를 빼앗긴 누룩뱀이 처마 밑이 나 부엌의 작은 선반 같은 데서 똬리를 틀고 그 옛날의 둥 지를 그리워하는 모습이 수시로 목격되었다. 보금자리를 찾아와 꿈을 꾸었는지 허물을 벗어놓고 가는 일도 있었다.

그렇게 황토벽이 누룩뱀의 상처 난 이야기를 듣다가, 벽 여기저기에 틈을, 가늘고 긴 틈을 만들었다. 묏바람도 이 곳까지 내려왔다가 그 틈에 빠져 돌아가지 못하는 일이 허 다하였다.

시간이 흐를수록 그 틈이 누룩뱀 꼬리를 닮아가고 있다 는 말을 하던 이 집안의 장손은 그 틈을 메우겠다며, 키우 던 소를 팔아 서울로 향하였지만 오랜 시간이 지나도 돌아 오지 못하였다. 오히려 틈을 잔뜩 안고 살아가고 있다는 후 문만 무성하게 다녀갔다.

>

좀처럼 메워지지 않던 틈으로 초가집도 그리움을 견디지
못하였다. 누룩뱀도 더 이상 나타나지 않았다. 군데군데 틈
이, 틈이 웅크리고 있는 장손의 초상화는, 마치 터전을 잃
어버린 누룩뱀이 왔다 간 자국 같았다.

오늘은 몸이 가렵다

툭툭 튀어나온 솜이
노숙자의 몸을 꼼꼼히 덮어주지 못하는
낡은 이불에서
벌레 몇 마리가
스멀스멀 기어 나와
다시 노숙자의 몸을 덮어주기 시작하는
지하 보도교.

누구의 몸을 씻어주려고
바깥세상에는 주룩주룩 겨울비 내리는가.

장수의 비결

수만 리 길을 날아온 철새와 철새의 간격처럼
구순 잔치를 하는 노부부의 간격에서
아름다운 생존의 균형을 볼 수 있었다.

그것은
별로 사랑한다는 말을 하지 않고 살아왔다는
할아버지의 무뚝뚝함 때문만도 아니었고
말하지 않아도 모든 걸 다 알고 있다는
할머니의 묵인 때문만도 아니었다.

그냥 열심히 살아오다 보니
서로에게 미안한 마음이 들었어, 라는
한마디였다.

왜가리

끼니를 챙기러 분주히 오간 발가락의 물집은
내 삶의 전성기의 기록.
준비되지 않은 긴장이야말로
슬픔을 허락한다는 것을 알았다.
강물에 든다.
찰나의 변화에 민감한
바람과 물과 물고기의 흐름을 읽지 못한다면
강물은 더 이상 거울이 아니라고,
수면이 다 깨어진 생의 난전이라고,

살아남았다는 것보다 흔들리며 살지 않았다는 것이 더 기쁘다
—섣달그믐 밤에

이파리 다 떨어진 꽃자리에 앉아 새롭게 필 꽃 모양을 상상하는 나는 함박눈이다. 세상과 소통할 향기를 꿈꾸는 나는 함박눈이다.

돌아보면 이런저런 아픔을 이겨낸 반듯한 의지에게 고맙고 든든하다는 말을 전하고 싶다. 살아남았다는 기쁨보다 흔들리며 살지 않겠다는 신념은 앞으로도 더 알차게 살아갈 수 있다는 수확이다. 저축이다. 내일이면 좀 더 편하게 살 수 있겠지, 좀 더 편리한 울타리를 치며 살 수 있겠지, 하는 초라한 경계를 허물어뜨리겠다는 나의 사상에도 나의 영혼에도 여전히 꽃이 피리라 믿는다.

이제 곧 한 해의 마지막 종이 연이어 울릴 것이다. 종소리는 다음에 이어질 종소리가 울릴 때까지 자신의 호흡을 잃어버리지 않는 법. 절대로 인연을 끊지 않는다. 그 숨결의 정신처럼, 내 이웃에게도 지워지지 않는 무늬 하나 새겨주고 싶다. 이 해가 지나도 영원히 지워지지 않는 문양 하나 그려주고 싶다. 차디찬 허공에서 명료하게 길을 찾으며 날아가는 철새들. 저들이 자신들의 농익은 여로를 생생하게 들려주는 듯한 섣달그믐 밤이 깊어만 가고 있다.

한식寒食

단명短命이 타고난 팔자는 아니었다며
무덤 앞 술잔을 비우며 취해 가는 망자의 넋두리를
덮고 있는 철 지난 눈.
아직은 귀향할 생각이 없다고 지저귀는 겨울새를
선망의 눈빛으로 바라보며
내렸다 그치기를 되풀이하고 있었다.
눈을 받아먹으며
눈꽃으로 환생하는 무덤 앞 조화가 부러웠을까,
조화의 뜻을 읽기 시작하는 무덤가 소나무.
나는 후생後生의 의지를 명료하게 품고 있는
솔잎을 봉분에 잔뜩 뿌려주었다.
어머니가
그 향기를 맡을 수도 있겠다는 생각을 하면서

노을이 가장 편안한 유언을 들려주었다

다시 아침 해로 거듭날 수 있다니
몸 둘 바를 모르겠다며
노을이
어둑살의 귀에다
석류알처럼 쏟아내는 유언

—세상과의 잠시 잠깐의 이별은
결코 슬프지 않이

제4부

중얼중얼

절대 박정해서 그런 것이 아니다.

지나치게 사랑받았던 기억은
오히려 짧으면
짧을수록 좋다며

온종일
가랑비가
벚꽃에게

중
얼
중
얼

이명의 감정

왜 제때 치료해 주지 않았느냐.

그것이 시위를 멈추지 않는 이유라며
북소리처럼
쏟아내는

한恨, 한恨, 한恨……

봄눈의 역할

엄마의 기일인데
성공하면 돌아오겠다던 막내딸은 끝내 오지 않고
대신 찾아온
봄눈이
우체통에 매달린 외상값 연체 고지서 한 장을 발견하고는
고지서에 새겨진 글자들을
숫자들을
한 자
한 자
덮어주고 또 덮어주고

질투가 가을 산을 아름답게 한다

너무 예쁘다,

너무 아름답다,

그런 말을 원 없이 들어본 기억만으로도

단풍은

이 계절이 가장 붉은 삶이라고 생각했습니다.

그래서 곧 가지를 떠날 날을 맞이해야 하는 운명도

두렵지 않다고 마음먹고 있었는데

오, 이럴 수가,

가을 산이 단풍의 탈선이 생각보다 빨리 올까 봐

노심초사했을까요.

너무 예쁘다,

너무 아름답다,

그런 말을 듣고 싶어하는

첫눈을

첫눈을

슬

그

머

니

불러들이고 있었습니다.

배려

담벼락에 숨은
어미 고양이가
누군가 내다 버린
작은 이불에서

나지막이 토닥이며
새끼 고양이 두 마리를
재우자

잠투정하며 칭얼대던 보슬비도
뚝,
그쳤다.

영산홍 꽃 이파리가 붉어진 이유

수두루미가 긴 부리로 연신 암두루미에게
혀짤배기소리로 입을 맞추고
가려운 곳도 쪼아대자
그 소리를 듣고 놀란
외로움은
그 두께를 줄여 가고 있는데

거기에 터를 잡고 피어나는
영산홍은
제 볼을 더 붉히기만 하네

그대와 나 사이에는 오래전부터 메아리가 있었
습니다

사,
　　랑,
　　　　한,
　　　　　　다,
　　　　　　　사,
　　　　　　　　랑,
　　　　　　　　　한,
　　　　　　　　　　다,
속삭이면,

꼭, 그대가

　　　　　　　　　　　사,
　　　　　　　　　랑,
　　　　　　　　한,
　　　　　　　　다,
　　　　　　사,
　　　　　랑,
　　　　한,
　　다,

>
화답하는 것을 보면

그대와 나 사이에는 오래전부터
메아리가
있었습니다

사선은 둥근 생각을 품고 있다

소요산에 가면 절벽 바로 밑 좁은 틈에 터를 잡은
단풍나무 몇 그루가 있다.
직립인 여느 단풍나무와 달리
그들의 체위는 모두 사선이다.
비스듬하게 서있다는 뜻.

저렇게 서있으면 불안하고 무섭지 않을까
모두가 그들의 생존을 걱정하지만
기우다.

저 단풍나무들이 일제히
직선으로 무섭게 떨어지는 폭포 소리를
비스듬하게 꺾어서
부드럽게,
둥글둥글하게,
듣고 있는 것을 보고,
새들마저 자신들의 울음을 사선으로 남겨 두고 간다.
아, 세상을 저렇게 살다 보면
절경을 낳을 수도 있겠구나 하는 생각처럼

단풍도 한결같이 극단의 붉음이다.

이사

해진 물건은 버리고 가겠다는데도
아등바등 따라온 낡은 밥상이
새로 지은 밥과 반찬을 차려내며
따뜻하게 전입신고를 하고

십여 년을 버텨온 소형 세탁기도
여전히 건강한 가족으로 살아가게 되었다는 신호를
규칙적으로 발산해 주는데

끝내 따라오지 못한 요절한 영혼들처럼
꽃가루가
하루 종일
창문을 기웃기웃하였다

신신당부

열대야가 계속되던 어느 날 아침
러닝셔츠에 팬티 바람으로 아파트 문을 살짝 열고
조간신문을 집 안으로 들고 온 일이 있었는데요.
아뿔싸, 그 모습을 그만 앞집 아줌마한테 들켜버렸어요.

그 일은
조간신문의 광고 전단지를 따라
승강기를 타고 이 집 저 집 배달되었는데요.
다시 내 귀에 들어온 날에는
소문에 살짝 살이 붙어서
나는 아주 알몸으로
신문을 가지러 나간 사람으로 변해 있었지 뭡니까.

그 후 아내는
같은 아파트에 사는 사람들이
당신을 이상한 얼굴로 쳐다보는 것이 아니라
마누라인 자기를
야릇하게 쳐다본다며

앞으로 다시는

십여 년 전, 가난했던 시절에 사서 아직도 입고 있는
그 허름하고 낡은 팬티를 보여 주지도
아예 입지도 말라며 신신당부를 했지요.

매미가 되던 날

오랜만에 설거지를 했다.
입원한 아내에게 전화로
—세제는 어디에 있느냐.
—음식물 쓰레기는 어떻게 버려야 하느냐.
이런저런 걸 묻고 있었는데,
그걸 듣고 있었는지
매미 떼가 밖에서 요란스럽게 울었다.
아내의 대답이 잘 들리지 않았다.
물어보고 또 물어보며
아내를 찾아 울부짖었다.

안부

감기 몸살로 꼬박 보름을 끙끙거리며 앓아누웠다.
그동안 야속하게도
우리 동네 벚꽃은 감쪽같이 피었다 져버렸다.
입장 바꿔 생각해 보면
더 야속했던 것은 벚꽃 쪽이었을 것이다.
해마다 습관처럼 찾아주던 나를 기다리며
왜 오지 않을까, 이사라도 간 것일까,
노심초사했을 테니까.

사람도 그런 모양이다.
단골로 가는 밥집 아주머니도
왜 오지 않았냐, 어디 아팠냐,
내내 나를 기다렸다니

교토 가모가와(京都 鴨川)에서

벌써 백 년 가까운 시간이 흘렀건만
정지용 시인을 기억하는 강가의 오랜 가옥들은
가모가와(鴨川)에 겨우 정취를 허락하는 빛바랜 그림자만
내어놓고
백 년 전 흑백사진 같은 그 그림자를 담아낼 물소리마저
희미하여
그때의 시름처럼 목이 자져 있었다.
여전히 풍경으로 보면 나그네가 정을 붙일 수가 없는
허허로운 진행형.

애초부터 거창하게 강물 소리 하나만으로 이 고도古都를
지배하겠다는 꿈은 없었던 것일까.
물의 행로는 발을 더듬거리며 디디는 저속低速에 익숙해
있을 뿐이다.
강물이 뒤따라오는 강물의 손목을 힘겹게 잡아당기는 동
안에도
걸림돌로 버티고 있는 듯한 조약돌,
견고한 쓸쓸함으로 자져 있기는 마찬가지.
군데군데 누런 살갗을 드러낸 모랫벌도
터줏대감처럼 책상다리를 하고 있었다.

\>

이 자진 강으로,

십릿벌 가모가와로,

오리 떼가 날아들지도 모른다 싶어 이리저리 살피지만

강물에다 빛으로 발목을 적시려는 만추의 햇살만 허다하고

오랫동안 피었다가 지기를 되풀이했을 강변 갈대들의 목을 부여잡은 채

한여름 수박 속살 빛깔로 스며드는 가모가와의 석양 아래서

나는 연신 물을 들이켜고 있었지만

밀려드는 그리움은 어찌할 수가 없었다.

유빙流氷

부쩍 잦아진 북극해의 갈증 소식과 함께
빙하 녹듯이, 빙하 녹듯이, 라는 말이 바다 곳곳을 누비고 다녔다.
그런 망망대해에서 나는 일엽편주一葉片舟처럼
절박하게, 끊임없이, 운명처럼 길을 찾아다녔다.
무엇보다 길 잃은 어린 북극곰을 태우고 바닷길을 저어갈 때는
무엇이 책임감이고
무엇이 행복인지를 절감할 수 있었다.
일찍 부모에게서 떨어져 나온 탓으로
거대한 빙산을 지날 때마다
아버지 어머니 품을 떠올리기도 하고
그것이 사치스럽다고
그게 이제 와 무슨 소용 있냐고 자책하기도 하였지만
날마다 후끈, 후끈, 달아오르려는 북극해의 성질에 맞서서
넓고 아득한 극지極地에 피어난
하얀 꽃송이, 정열의 꽃송이로 살아가는 일,
그것이 바로 운명이라는 생각을
그것이 유일한 미래라는 생각을
한시도 잊어본 적이 없었다.

청령포의 이명

비가 올 때마다 벼랑 끝에 서서
강물에게
유속이 빠르지 않은 길을 묻곤 했던
소년의 울음소리는
아직도 썩지 않고 있다.
그 울음소리를
몇백 년 동안이나 떨쳐 내지 못한
청령포의 소나무,
자신을 향해 걸어오는 서강의 강바람에
윙윙윙윙윙……
속엣말을 다 쏟아내고 있다

할머니 전 상서

새벽길 떠나던 그날
보따리에 이고 간 것은
적멸로 들어간 할아버지의 혈색을
부지런히 주물러주고 떠난 안개와
혈류처럼 밤마다 꿈길을 따라왔던 도랑물 소리와
오랫동안 정들었던 멧새 울음,
그리고
다시는 못 볼 것 같은 제 얼굴이었겠지요.

잊겠다고, 잊겠다고, 다짐하며
구슬프게 울던 눈물에게
몇 번씩이나 돌아갈 곳이 어디인지를 물어보던
그때의 메아리는
주소 한 자 받아 적지 못한 후회와 슬픔을 견디지 못하고
마침내 이곳 집터를
온통 패랭이꽃 천국으로 빚어놓았습니다.

다소곳하게 동백기름으로 빗어 넘긴 머리에,
이마에, 쏟아져 내리던 별빛처럼
지금은 더 이상 버텨내지 못하는 그리움만 무성한데

언제 다시 환생하시면,

그때는 제가,

친손자보다 더한 사랑을 받았던 제가,

할머니의 천사가 될 수 있을까요.

소백산 골짜기 소식을 들고 굽이굽이 찾아오는 우체부처럼

이 편지 읽으시거든,

이 마을의 숨결이고 젖샘인 도랑물에게

꼭 다시 이승의 품으로 흘러오겠다는

귀띔이라도 해주시지요.

윤동주 생각
―서촌에서

ㄱ, ㄴ, ㄷ, ㄹ······ ㅏ, ㅑ, ㅓ, ㅕ······를 그리며 별들
이 밤새도록 명료한 눈빛으로 이리저리 움직이면서 낳은 한
편의 시처럼

혹은,

수성동계곡의 물줄기가 밤마다 인왕산 꼭대기까지 오르
며 별들에게, 은하의 미아들로 지나가는 별들에게, 서촌에
핀 꽃과 산에 핀 꽃을 모두 별꽃으로 만들어달라고 간청이
라도 한 것처럼

아침이면 이 마을은 별꽃촌이라 부르고 싶을 만큼 유난히
별 모양 꽃이 많은데

어찌하여 낯선 하늘로 건너가
이별과 소멸과 슬픔의 유랑을 한 별은
꽃이 되지 못하였는지
우울해졌다.

해 설

물활론적 상상력과 구도의 정신

이숭원(문학평론가, 서울여대 명예교수)

1. 인연 교감의 시정신

이번 시집에 실린 오석륜의 시는 크게 두 유형으로 나뉜다. 하나는 자신의 가족사와 관련된 인간사의 애증과 희로애락을 서정적 언어로 술회하는 유형이요, 또 하나는 자연에 인간 사유를 투영하여 상상적 변용을 통해 새로운 해석을 부여하는 유형이다. 시인은 이 두 유형의 특징을 독자들에게 소개하듯이 시집 앞부분에 짧은 작품 두 편을 배치해 놓았다.

아버지가 즐겨 찾는 안주는 죽은 아내를 부르는 것이었다. 곡기가 소주였던 일이 다반사였다. 절대 아버지처럼 살지 않겠던 다짐이 밤마다 꿈을 꾸며 이불을 걷어찼는데, 그럴 때마다 이불에 붙어있던 별들이 떨어져 나갔다. 밥값이 부족하던 청춘은 허기를 메울 단어를 찾아 번역을 했다. 집 근처 토성土城에게 천 년이나 견뎌온 내력을 들려달라고 떼를 쓰기도 하였다. 덕분에 초조함을 이기지 못하고 자주 물어뜯던 손톱에는 별처럼 새살이 돋아났다. 강가에 피어나던 갈대꽃처럼, 엄마야 누나야 강변 살자 뜰에는 반짝이는 금모랫빛, 하는 노래를 참 감미롭게 불렀다.

                         —「엄마야 누나야 강변 살자」 전문

     허겁지겁 산골짝 낭떠러지를 빠져나온
     물줄기, 그렇게 속보로
     세속으로 흘러 들어가서는 안 된다며
     완급을 조절해 주는
     스님의 목탁 소리……

     똑, 똑, 똑, 똑, 똑,

     한 방울씩 더디게
     더디게 떨어지는
     산사의 약수는
     지금 수행 중이다.

                              —「속도」 전문

「엄마야 누나야 강변 살자」는 부분적으로 김소월의 시를 패러디하면서 시인의 아픈 가족사를 압축한 작품이다. 들은 바에 따르면, 시인의 모친은 시인이 중학교 다닐 때 병환으로 세상을 떠났다. 설상가상으로 사업에도 실패한 부친은 술로 나날을 보냈다고 한다. "죽은 아내를 부르는 것"을 안주 삼아 아버지의 음주벽은 깊어갔고, 아들은 아버지처럼 살지 않겠다는 다짐을 하며 거부의 몸짓으로 이불을 걷어찼다. "그럴 때마다 이불에 붙어있던 별들이 떨어져" 삶의 황량함은 더 깊어갔다. 간신히 대학에 들어간 아들은 밥값을 벌기 위해 "허기를 메울 단어를 찾아 번역을 했다". 일어일문학과에 들어가 일본어에 재능을 보인 덕에 가능한 일이었다. 가난과 고독 속에 초조한 시간을 보냈으나 그래도 인고의 노력으로 물어뜯은 상처에 새살이 돋아났으니 미미하지만 희망의 싹이 피어나기 시작한 것이다. 별처럼 새살이 돋아나는 희망의 여명 속에 "강가에 피어나던 갈대꽃"을 상징으로 받아들이고, "엄마야 누나야 강변 살자 뜰에는 반짝이는 금모랫빛"으로 이어지는 김소월의 노래를 이상의 공간으로 간직했다. 별이 떨어지고 다시 별이 돋아나는 장면을 통해 절망과 희망의 교차를 표현한 점이 이채롭다.

「속도」는 자연을 인간의 관점에서 재해석한 전형적인 작품이다. 계곡의 물줄기가 산골짝 낭떠러지를 거쳐 빠르게 흘러가자 "그렇게 속보로/ 세속으로 흘러 들어가서는 안 된다"고 제동을 거는데, 그 완급 조절의 역할을 해주는 것이 "스님의 목탁 소리"다. 수도하는 스님의 목탁 소리를 통해 마음의 여유를 얻게 되자 빠르게 흐르던 계류가 "한 방울씩 더디게/ 더디게 떨어지는/ 산사의 약수"로 바뀐다. 산사의 약수는 스님의 목탁 소리의 훈도를 받아 느리게 떨어지는 속도의 지혜를 터득한 것이다. 이것은 자연 현상을 그대로 제시한 것이 아니라 시인의 의식에서 변용시켜 시인의 해석을 담아 자연을 표현한 것이다. 무턱대고 빠르게 달리는 것이 능사가 아니니 세상의 흐름을 음미하면서 천천히 나아가는 것이 옳다고 시인은 말한다. 그러기 위해서는 산사의 스님처럼 수행의 과정이 필요하다.

이 두 편의 작품은 대조되는 특징에 의해 유형의 차이를 한눈에 파악할 수 있다. 이러한 두 가지 스타일이 시집에 어떠한 변주를 보이는지 구체적인 작품을 통해 살펴볼 것이다. 그런데 이 두 유형을 관통하는 시인의 시정신이 무엇인지를 먼저 파악할 필요가 있다. 그것은 인연 교감의 세계관이다.

시집의 제목이 "사선은 둥근 생각을 품고 있다"인데, 이 문장은, '사선'과 '둥근 생각'이라는 대립적 어구와 그것을 융합하는 '품고 있다'라는 서술어로 구성되어 있다. 시인은 비스듬한 사선과 둥근 생각의 대립성을 부정하지는 않지만, 대립적으로 보이는 두 속성이 하나의 줄기로 이어져 있고 그것을 통해 대립의 단층을 넘어설 수 있다고 생각한다. 이 표제시는 소요산 절벽에 비스듬히 서있는 단풍나무의 모습에서 착상된 것이다. 그 나무들의 비스듬한 사선 형태가 불안해 보이지만, 단풍나무가 직선으로 떨어지는 폭포 소리를 부드럽고 둥글둥글하게 듣다 보니까 비스듬한 형태를 얻게 된 것이라고 시인은 해석한다. 상호 무관할 것 같은 폭포와 단풍나무를 의미 있는 대상으로 연결하자 사물에 대한 새로운 사유가 탄생했다. 절벽과 폭포와 단풍나무가 떨어져 있지만 사실은 인연에 의해 연결되어 있다고 상상한 것이다.

서로 무관할 것 같은 두 양상을 이어주는 매개의 고리가 '인연'이다. 그는 「시인의 말」에서 자신이 거쳐온 인연이 모두 아름다웠기에 자신도 아름다운 인연을 맺으며 살아가고 싶다고 고백했다. 인연의 소중함을 분명히 자각하고 있는 것이다. 「탯줄처럼」이라는 짧은 시를 보면 어떤 여인이 화자에게 새끼손가락을 걸며 이런 말을 한다. '당신 새끼손가락과 내 새끼손가락이 합쳐지니 탯줄처럼 보이네요'라고. 시에서는 시각 효과를 위해 "탯/ 줄/ 처/ 럼"을 독립된 행으로 배치하여 줄이 늘어진 것처럼 배치했다. 두 사람이 새끼손가락을 걸고 약속을 하는 행위가 탯줄이 이어진 것처럼 마음의 인연으로 연결된 상태라는 것이다. 그녀의 마음이 나에게 이어지고 내 마음이 그녀에게 이어지는 것이 바로 인연이다. 인연은 반드시 그것에 상응하는 결과를 낳는다. 작은 인연이라고 해서 소홀히 해서는 안 된다. 손가락을 건 작은 언약이 어떤 중요한 결과로 미래에 나타날지 모른다. 모든 인연을 아름답게 받아들일 때 가치 있는 인생이 전개된다.

시에 암시된 그의 자전적 삶을 보면 그리 순탄하게 살아온 것 같지 않다. 그래도 그는 자신의 궤적을 긍정적으로 받아들이면서 그 안에서 아름다움과 진실을 찾겠다고 단언한다. 이 인연 교감의 정신이 그의 시에 대립의 해소를 유도하고 진실의 윤기를 불어넣은 동력이 되었다.

2. 가난 속의 사랑

앞에서 말한 대로 그의 가족은 가난으로 인한 고초의 시간을 보냈다. 대구에서 사업을 하던 부친은 화재로 가업을 잃고 실의에 잠겼는데, 부인마저 갑자기 세상을 떠나자 술로 시름을 달랬다. 손위의 누이는 생계를 위해 생활 전선으로 나가 "사시사철 재봉틀을 돌리며"(「풍성동」) 이불에 꽃무늬 넣는 일을 했고, 어린 누이는 일자리를 찾아 무작정 도시로 떠난 후 소식이 끊겼다. 시인에게는 중학교 때 세상을 떠난 어머니에 대한 그리움보다 어린 나이에 돈을 벌기 위해 집을 나간 누이에 대한 연민이 아프게 가슴에 각인되었던 것 같다. 「풍성동」과 「라일락」에 이러한 슬픈 가족사가 담겨 있는데 「라일락」이 감정의 윤곽이 더 선명하고 사연이 곡진하다.

> 툭, 하면 가난을 붙들고 단칸방에서 빠져나간 누이는 슬
> 픈 그림자였다.
> 집 옆 공터에는
> 전입신고를 마치고 새 식구가 된 라일락이
> 짙은 향기로 피었다가 지기를 되풀이하였다.

집 나간 누이의 빈자리를 메워줄 것만 같았다.

그렇게 몇 해가 되어가던 어느 날,

단칸방을 기웃거리던 누이는

집으로 들어오지 못하고 몰래 발길을 되돌린 적도 있었는데

나도 그런 누이를 애절하게 부르려고 하지도 않았다.

대신, 라일락을 닮았던 누이의

눈망울을 오랫동안 잊지 못하고 살았다.

봄비 내리는 날에는

라일락 향기가 창문으로 새어 들어와 하룻밤 자고 가기도 했다.

아, 그럴 때마다

온통 빗줄기 소리와 라일락 향기를 아로새기던 궁색한 벽지.

나는 그것을 누이의 눈물 자국 혹은

누이의 안부라고 읽었다.

끼니를 때우지 못한 궁기처럼 허허로운 계절풍으로만 다녀갔던

누이가,

다시는 돌아올 것 같지 않았던 누이가,

화장품값 연체를 알리는 고지서 한 장이 되어

살아있다고, 서울에 살고 있다고 신고하며 날아든 날처럼,

오늘, 손으로 쓴 라일락 이파리 같은 글씨로

편지를 보내왔다.

　　—오빠, 나이 드니 오빠가 점점 더 그리워져요.

—「라일락」전문

　마지막 시행에 감상의 정조가 녹아있기는 하지만 그것은 감상주의가 미덕이었던 80년대의 분위기를 차용한 것이다. 누이는 가난에서 탈출하려고 쪽지 하나 없이 집을 나갔다. 누이가 나간 빈자리에도 봄은 와서 집 옆 공터에 라일락이 향기를 풍기며 피었다. 시인은 그 라일락이 누이 대신 전입신고를 하고 새 식구가 된 것 같다고 표현했다. 나중에 얘기를 들으니 그 누이는 혼자 집을 찾아왔다가 차마 들어서지 못하고 말없이 발길을 돌렸다고 했다. 그때 누이의 마음이 얼마나 쓰라렸을까. 그때에도 라일락 짙은 향기가 누이의 코에 스며들었을 것이다.

　시인은 시인대로 생활에 쪼들렸고 누이가 집을 나간 것이 오래되었기 때문에 누이를 찾아 나설 생각은 하지도 못했다. 시인은 다만 라일락을 보며 누이의 눈망울을 떠올렸을 뿐이다. "봄비 내리는 날에는/ 라일락 향기가 창문으로 새어 들어와 하룻밤 자고 가기도 했다"고 했다. 빗줄기 소리와 라일락 향기가 스며든 궁색한 무늬의 어지러운 벽지를 "누이의 눈물 자국 혹은/ 누이의 안부"라고 생각하고 마음을 달랬다. 한번은 누이가 계약한 화장품 대금이 연체되었다는 고지서 한 장이 집으로 우송되었다. 그것을 보고 누이가 잘못되지 않고 서울에서 살고 있다는 사실에 놀란 가슴을 쓸어내리기도 했다.

그런 누이에게서 "손으로 쓴 라일락 이파리 같은 글씨로" 편지가 왔다. 그 내용은 작품 마지막 시행에 있다. 내용 이전에 오빠라는 호칭부터가 시인의 가슴을 때렸을 것이다. 어릴 때부터 부르던 오빠라는 호칭 속에 말로 형용하기 어려운 모든 감정이 함축되어 있다. 가난 때문에 집을 떠난 누이는 가족을 원망하지 않고 오빠에 대한 그리움을 표현한 것이다. 가난 속에 피어난 인간에 대한 신뢰와 사랑으로 시인은 넉넉한 안도의 마음을 가질 수 있었다. 그래서 시인은 자신이 살던 동네를 "그래도 사랑을 하고 있다는 안도감이 눈처럼 소복이 쌓이는 동네"(「풍성동」)라고 회상했다.

시인에게는 여덟 살 아래의 남동생도 있다. 여덟 살 아래 동생이니 어머니가 돌아가셨을 때 동생은 초등학교 일 학년이었을 것이다. 앞에서 보았던 것처럼 시인은 대학교 때부터 번역을 비롯한 갖가지 일에 뛰어들어 돈을 벌었다. 대학 졸업 후 취직해서 가장 먼저 한 일은 동생의 대학 진학을 지원한 것이고, 그다음에는 결혼할 수 있도록 길을 이끌었다. 형이 가장이 되어 아버지를 대신해 동생을 돌보았다. 그러기에 동생의 처지에서는 형의 적금 통장이 아버지의 손길이나 다름이 없었다.

「적금 통장」이라는 시는 그러한 배경을 갖고 있다. 본인도 건강하지 못한 체질인데 주야를 가리지 않고 일을 했으니 그 어려운 과정을 "허파를 다쳐 자신이 날아갈 길을 재다 말다 하는/ 새의 숨결"에 비유했다. 허파를 다쳤다는 말은 고등학교 때 결핵성 늑막염을 앓았던 그의 경험에서 나온 것이다. 그는 날다가 멈췄다 하는 병든 새의 몸짓으로 할 수 있는 일은 무엇이든 다하여 한 푼 두 푼 모아 적금을 하고 그것을 꼭 출납부에 기록했다. 만기가 되면 이율이 높은 다른 통장으로 옮겨 저금하기 위해서였다. 가난 때문에 살림꾼의 능력이 저절로 형성된 것이다.

형의 정성으로 학비가 동생에게 가면 뜻밖에 동생은 밥 대신에 시집을 사서 정신의 공복을 채우는 일을 했다. 가족의 내력으로 내려오는 문학의 취향을 떨치지 못한 것이다. 형에게 고마운 마음을 간직하고 있던 동생은 술을 먹다가 "길가에 핀 개나리, 진달래, 벚꽃, 조팝나무 꽃을 찍어" 형에게 문자로 전했다. 형은 동생의 꽃 사진을 받고 "만기가 된 적금 통장을 찍어" 보내주었다고 한다. 꽃 사진으로 고마음을 표시한 동생에게 적금이 쌓였으니 걱정 말고 공부만 잘하라는 뜻을 전달한 것이다. 형과 동생 사이에 오간 마음의 향기가 직접 풍겨오는 것 같다. 특히 이 시에서 꽃향기와 적금 통장이 등가적으로 설정되어 특색을 이루는 것은 다른 시에서 볼 수 없었던 장면이다.

시인은 「핏줄」에서 동생의 글씨체가 자신의 글씨체를 닮고 자신의 글씨체는 아버지의 글씨체에서 온 것임을 밝히고 있다. 혈육의 유전자 속에 글씨체까지 "공동의 유산"으로 전승되어 옴을 사실적으로 제시한 것이다. 이러한 사실들을 보면 시인이 가족의 인연과 우애를 얼마나 소중히 여기는지 제대로 파악할 수 있다.

그의 개인사를 암시한 작품은 이 밖에도 여러 편이 있는데 어머니에 대한 추모의 정을 담은 「한식」, 피 한 방울 섞이지 않은 할머니에 대한 고마움을 표현한 「할머니 전 상서」, 자신의 운명을 냉정히 인식하고 미래를 새롭게 다짐한 「유빙」 등의 시편이 감동적이다. 앞의 두 편은 자신의 생에 영향을 미친 두 분을 이야기하며 과거의 사연과 감정을 표현한 것이고, 뒤의 작품은 자신의 행적을 반추하면서 앞날의 의지를 선언한 것이다.

「한식」은 어머니의 무덤 앞에서 짧게 독백하던 아버지의 말을 떠올리는 데에서 시상이 출발한다. 오래전에 들었던 "단명短命이 타고난 팔자는 아니었다"는 아버지의 넋두리는 이제 아버지도 이승의 사람이 아니기에 회한으로 다가온다. 한식날인데 철 지난 눈이 내려 적막한 분위기를 더욱 일깨운다. 무덤 앞의 조화는 눈이 오면 눈꽃으로 바뀌는 조화를 부리며 사시사철 변함없이 견딘다. 소나무도 조화처럼 변함없이 무덤 옆을 지킨다. 시인은 소나무에서 떨어진 솔잎을 가득 주워 봉분에 뿌린다. 소나무처럼 변함없이 잘 계시라는 뜻이었을 것이다. 그 심정을 "후생後生의 의지를 명료하게 품고 있는"이라는 시구로 표현한 것이 놀랍다. 소나무처럼 어머니도 변하지 않고 봉분 안에 잠들어 있다면 솔잎의 향기를 맡을 수 있으리라는 생각을 한 것이다. 참으로 오묘하고 곡진한 상상이다.

다음 시는 이러한 개인사와는 관련 없이 평범한 생활의

단면을 표현했다. 그런데 평범 속에 비범이 있다고, 시인의 마음이 그윽하게 성숙하여 대상을 마음 가는 대로 어루만지는 여유와 포용력을 드러내고 있어서 이 작품을 특별히 힘주어 언급하고 싶다. 고난을 극복한 시인의 현재 삶이 어떠한 상태인지 독특한 화법으로 표현하고 있다.

> 해진 물건은 버리고 가겠다는데도
> 아등바등 따라온 낡은 밥상이
> 새로 지은 밥과 반찬을 차려내며
> 따뜻하게 전입신고를 하고
>
> 십여 년을 버텨온 소형 세탁기도
> 여전히 건강한 가족으로 살아가게 되었다는 신호를
> 규칙적으로 발산해 주는데
>
> 끝내 따라오지 못한 요절한 영혼들처럼
> 꽃가루가
> 하루 종일
> 창문을 기웃기웃하였다
>
> —「이사」 전문

이사는 힘든 일이다. 짐을 정리하다 보면 버릴 것도 많고 가지고 갈 것도 많다. 버릴까 말까 결심을 못 할 때 갈등이 온다. 가족들의 의견이 달라서 누구는 버리자고 하고 누구는 가지고 가자고 한다. 옛날에는 오래 쓰던 것일수록 귀하다고 여겼는데 요즘에는 버리는 것이 대세다. 오래된 물건은 버리겠다고 했지만 누군가가 우겨서 낡은 밥상이 따라왔다. 사람의 뜻으로 오게 된 것인데 시인은 "아등바등 따라온 낡은 밥상"이라고 유머러스하게 표현했다. 밥상은 낡았지만 이사 왔으니 밥과 반찬은 새로 했다. 낡은 밥상에 새 밥과 반찬을 놓으니 생활의 조화가 이루어진 것 같고 친근한 느낌이 든다. 정말로 '따뜻한 전입신고'를 한 것이다. 십여 년을 사용한 소형 세탁기도 가지고 왔는데 끄떡없이 세탁을 잘 해낸다. 우리들의 "건강한 가족" 역할을 잘 해주는 것이다. 세탁할 때 나는 소리에 대해 "신호를/ 규칙적으로 발산해" 준다고 표현한 것이 적실하고 재미있다.

이 다정하고 흐뭇한 가족들의 이사를 축하하는 듯이 창밖에는 꽃가루가 날아다니며 방 안을 기웃거린다. 시인은 그것을 "끝내 따라오지 못한 요절한 영혼들" 같다고 표현했다. 이사 때 버려져 새집으로 같이 오지 못한 사물들을 통틀어 '요절한 영혼들'이라고 호명한 것이다. 여기서 시인이 생활의 단면들을 얼마나 애정 어린 눈길로 바라보는지 실감할 수 있다. 그는 하나하나의 사물들을 모두 영혼을 가진 생명체로 본다. 더 나아가 눈에 잘 보이지도 않는 꽃가루에 버려진 사물의 영혼을 투사하여 그 사물의 영혼이 꽃가루가 되어 함께 살던 가족들을 보려고 "하루 종일/ 창문을 기웃기웃하였다"고 표현하였으니 시인의 물활론적 사유, 정령론적 사유가 상상의 차원에서 신나게 약동하고 있음을 보게 된다. 이러한 독특한 상상력은 자연을 대상으로 한 그의 많은 작품에서 더욱 생생한 영상으로 발현된다.

3. 물활론적 상상력

사물에 영혼이 있어서 사람처럼 생각하고 사람처럼 행동한다는 것은 동화적 상상이다. 그것은 동심에 바탕을 둔 천진한 사유에서 나온다. 이런 동화적 상상력이 유용한 것은 현재 우리의 삶에서 동심의 천진성이 사라져가기 때문이다. 자신의 생각을 대상에 투영하기 위해서는 자아와 대상의 동일화가 필요한데 디지털 문명의 발달 속에 어린이들도 동일화의 사유를 보이지 않는다. 분별하고 재단하고 구획하는 태도가 어린애들에게조차 퍼져있다. 그래서 세상은 더욱 각박해지고 편협해진다.

오석륜의 시는 앞에서 본 「속도」도 그렇지만 자연을 인간의 관점으로 재해석한 작품이 많다. 「아름다운 착각」은 돼지와 벌의 이야기다. 벌들이 돼지에게 날아오자 돼지들이 꿀꿀꿀 하고 소리를 냈다. 벌들을 쫓아내기 위한 소리였을 텐데, 시인은 이것을 돼지들이 꿀이 있는 곳을 알려 주는 소리라고 해석해서 벌들이 돼지의 외침을 고맙게 받아들여 주위에 피어있는 꽃으로 몰려가 부지런히 꿀을 채취한다고 썼다. 일상의 논리로는 받아들이기 어려운 사건이지만 상황의 해석으로는 천진하고 재미있다. 「나비꽃이 핀다」는 개미

들이 죽은 나비의 날개를 물고 와서 멈추니 그 자리에 나비꽃이 피었다고 상상했다. 꽃을 찾아다니며 꿀을 따던 나비니 그 날개로 나비꽃을 피웠다는 상상이다. 이러한 시들에 담긴 동화적 착상의 새로움은 매우 놀랍다.

「겨울 강 설화」는 동심의 천진성에 바탕을 두고 자연 현상을 재해석했다. 이것은 함박눈과 겨울 강의 관계다. 함박눈이 세상을 하얗게 덮도록 내려도 겨울 강은 거기 동의하지 않고 눈이 내릴 때마다 몸으로 눈을 녹이기만 했다. 그러나 시간이 지나면서 주위의 모든 것들이 희게 변하는 모습을 보고 더는 어쩔 수 없음을 알고 "눈발이 내려와 앉을 수 있도록/ 가장자리부터 자신의 맑은 속살에다 조금씩/ 조금씩 얼음을 깔기 시작"했다고 상상했다. 자연을 의인화한 동화적 상상이다.

「설중매 1」과 「질투가 가을 산을 아름답게 한다」는 천진한 상상의 차원을 높여 자연 변화의 아름다움을 독특한 시각으로 해석했다. 「설중매 1」의 상황은 「겨울 강 설화」와 유사한데, 상상의 차원이 한 단계 발전했다. 철새가 늦겨울에 피어난 매화의 속살에 도취되어 돌아갈 시기도 잊은 채 매화를 바라보니, 자신을 바라보는 것이 얄미운 매화는 자신의 속살까지 눈으로 하얗게 덮어버렸다. 철새는 그 모습에 더 도취되어 "아예 눈발에 제 몸을 맡겨 버린" 상태가 되었으니 눈에 덮인 길 잃은 철새가 된 것이다. 「질투가 가을 산을 아름답게 한다」는 이보다 더 앞으로 나아가 탐미의 차원을 높였다. 예쁘다는 말을 수없이 들은 단풍은 그 말에 현

혹되어 붉은 단풍의 계절이 가장 아름답다고 자만하고 있었는데, 가을 산은 단풍이 빨리 질 것에 대비하여 염려하는 마음으로 첫눈을 슬그머니 불러들여 더욱 아름다운 풍광을 연출했다는 것이다.

이쯤 되면 오석륜 시인은 자연을 능수능란하게 주무르며 탐미의 풍경을 창조하는 마술사의 자리에 이르렀다고 할 수 있다. 그런데 그는 자연의 아름다움을 동화적 상상으로 변용해 표현할 뿐만 아니라 천진한 상상력을 통해 인생의 윤리와 사회적 덕목을 펼쳐내기도 한다.

내가 알고 있는 절벽은 바다에서 힘겹게 기어 올라온 파도의 속살과 고산지대를 떠도는 메아리의 속울음을 근육의 재료로 저장한다. 절벽이 더 높이 날아오르려는 습성은 거기에서 비롯되었다. 이 습성을 터득하였기에 억겁의 세월동안 도반이었던 바람도 가부좌를 틀 때는 수직이다. 넓이보다 높이를 추종한다는 뜻이다. 간혹 그 살점들이 각도를 견디지 못하고 비명횡사하는 것은 그 때문이다.

그래도 어김없이 새들이 벌레들을 물고 와 밥상을 차리는 풍경은 여기도 이승이라는 방증. 적당한 열기를 데리고 온 노을이 음식을 덥혀 주면 무심해 보이던 절벽도 붉게 얼굴을 붉히는데, 나는 이때를 놓치지 않고 천하 지존이었던 자존감에 따뜻한 수식어를 붙여 주었다.

아름답다. 그리고 수수하다.

—「절벽에게 수식어를 붙여 주었다」 전문

이 시는 절벽에 대한 상상이다. 시인은 절벽을 근골과 혈액을 가진 생명체로 상상한다. 절벽의 외형은 균열과 파형으로 얼룩진 근육질이다. 그래서 절벽의 근육에는 "바다에서 힘겹게 기어 올라온 파도의 속살과 고산지대를 떠도는 메아리의 속울음"이 담겨 있다고 상상했다. 그 때문에 절벽은 더 높이 날아오르려는 습성을 갖게 되었다고 했다. "억겁의 세월 동안 도반"으로 살았던 바람도 절벽의 습성을 본받아 위로 올라가려고 수직의 방향으로 가부좌를 튼다고 했다. 그 가파른 절벽에 새들이 아슬아슬하게 둥지를 틀고 새끼들에게 먹일 벌레를 물어 온다. 저녁노을이 물들면 절벽은 붉은빛으로 변하여 새들이 장만해 온 음식을 따뜻이 덥혀 주는 역할을 한다. 그때 절벽의 모습은 깎아지른 날카로움에서 벗어나 온화한 자태를 드러낸다. 시인은 천하 지존의 위엄을 드러내던 그 절벽에 "아름답다. 그리고 수수하다"라는 평범한 수식어를 붙여 준다. 압도적 위압감을 주던 절벽이 친근한 이미지로 다가오는 장면이다. 시인은 절벽이라는 자연의 일부도 생명 가진 친근한 존재로 변용시키는 것이다.

이러한 시인의 상상력은 자연을 통해 인간사의 맥락을 암시하는 것으로 발전한다. 「나무에게도 이웃이 있다」는 나무의 상생 관계를 통해 인간도 인연에 의해 그러한 상생의 관계를 유지하고 있음을 암시한 작품이다. 초안산 울창한 숲에 아카시아나무 한 그루가 죽어가고 있는 것을 보았다. 그런데 비바람이 몰아치자 이웃해 있던 나무들이 죽어가는 나무에게 다가가 건강한 팔뚝으로 와락 껴안았다가 놓아주기를 무수히 되풀이했다. 물론 이것은 바람에 휘청거리는 나무들의 모습을 보고 시인이 이렇게 상상한 것이다. "다시 살아나라, 죽으면 안 돼" 하는 절박한 심정으로 나무들이 인공호흡을 시킨다고 해석했다. 일 년쯤 지난 뒤 그 숲을 다시 쳐다보았다. 죽어가던 그 나무가 보이지 않아 자세히 살펴보았더니, 그 나무의 우듬지에서 푸른 잎들이 돋아나 있었고, 새들이 지저귀며 나무에 오르내리고 있는 것을 보게 되었다. 요컨대 이웃 나무들의 '측은지심'에 의해 죽어가던 나무가 되살아난 것이다. 나무들조차 자신의 힘만으로 존재하는 것이 아니라 이웃 나무들의 도움으로 생명을 이어가고 있음을 자각한 것이다. 나무만이 아니라 인간을 포함한 모든 물상이 이러한 위상에 놓인다. 인연의 아름다움을 믿었던 시인의 의식이 생명 윤리의 차원으로 전이되고 있음을 알 수 있다. 인간과 자연의 병치적 상상에서 다음과 같은 가편이 창조된다.

끼니를 챙기러 분주히 오간 발가락의 물집은
내 삶의 전성기의 기록.
준비되지 않은 긴장이야말로
슬픔을 허락한다는 것을 알았다.

강물에 듣는다.

찰나의 변화에 민감한

바람과 물과 물고기의 흐름을 읽지 못한다면

강물은 더 이상 거울이 아니라고,

수면이 다 깨어진 생의 난전이라고,

—「왜가리」전문

여기 나오는 왜가리는 관찰의 대상이자 시인의 분신이다. 왜가리의 외형과 생태가 자신의 삶의 기록이라고 시인이 직접 밝혔다. 왜가리의 발은 먹이를 찾아 물가를 분주히 오가기 때문에 상처와 물집으로 얼룩져 있다. 그 발은 살기 위해 몸부림쳤던 왜가리의 행적을 알려 준다. 그리고 시인도 그렇게 생활 전선에서 분주히 오갔으니 그의 손과 발도 왜가리의 "전성기의 기록"을 그대로 닮고 있다. 왜가리의 상태를 보니 자신의 삶이 떠올라 갑자기 슬픔이 밀려든다. 슬픔은 그렇게 준비되지 않은 단계에서 느닷없이 다가온다는 사실을 깨닫게 된다. 왜가리가 서있는 강기슭에 시인도 서서 강물에서 울려오는 소리를 듣는다.

겉으로 보면 강물은 평평한 거울 같다. 거울에는 사물의 모습이 다 비친다. 그러나 강물에는 살기 위해 몸부림쳤던 생명체들의 안간힘과 아픈 상처가 새겨져 있다. 바람만 불어도 몸을 감추던 물고기의 몸짓과 조금의 변화에도 방향을 바꾸던 바람의 흐름을 알아야 생의 참모습을 이해하게 되는 것이다. 그런 점에서 볼 때 강물의 표면은 "수면이 다 깨어진 생의 난전"에 해당한다. 깨어진 생의 난전을 걸어 왜가리가 살아왔고 그 난전을 걸어 인간이, 그리고 시인이 살아온 것이다. "수면이 다 깨어진 생의 난전"이라는 표현은 멋진 구절이다. 이것은 우연히 얻어진 단편斷片이 아니다. 인생의 신산한 구비를 거치고 희로애락의 곡절을 거쳐서 인연의 소중함을 인식하고 자연과 인간의 등질적 인식을 체화할 때 비로소 얻어낼 수 있는 명구名句다.

오석륜 시인은, 삼라만상의 소리를 듣고 거기에 맞게 설법을 풀어낸 법당의 풍경風聲에 호응하여 깨달음의 연꽃이 절집 연못에 피어난다고 했다. 법전의 기도를 모두 들어준 향불과 세상을 향해 법음을 펼친 범종의 울림을 모두 포용하여 법당 앞뜰에 자목련이 피어난다고 했다. 연꽃이나 자목련이 설법과 기도와 법음을 융합한 대승적 상징에 해당한다고 본 것이다. 이러한 시인이기에 득도의 수행승처럼 자연과 인간이 섬광을 일으키며 발화하는 점화의 순간을 포착했다. 그 순간에 자신도 모르게 "수면이 다 깨어진 생의 난전"이라는 깨달음의 시행이 창조되었을 것이다. 시인의 상상력이 시들지 않는 한 이 눈부신 점화의 순간은 오래도록 그의 시의 앞길을 비추어줄 것이다. 이러한 시인의 구도적 순례가 계속 이어져 시의 불꽃으로 타오르기를 기원하며 이 글을 마친다.